W0252087

SÉBASTIEN SAMSON

ENTRE DEUX GARES

La Boîte à Bulles

Du même auteur

Sébastien Samson

Journal d'une bipolaire
(scénario : Patrice et Émilie Guillon)
La Boîte à Bulles

Le marathon de New York à la petite semelle
La Boîte à Bulles

Comment je suis arrivé à Hollywood ?
Par le train !

John Ford, cinéaste (1894-1973)

À Christophe, à Romain
À nos parents
À nos neuf enfants
À Rosalie, mon amour

La Boîte à Bulles
93 avenue Henri Adam, 37550 Saint-Avertin

Éditeur : Vincent Henry
Dépôt légal : janvier 2024
Isbn : 978-2-84953-480-9

© 2024 Sébastien Samson & La Boîte à Bulles

Tous droits de reproduction réservés.
Achevé d'imprimer en décembre 2023
par les imprimeries Finidr (République Tchèque).

www.la-boite-a-bulles.com
contact@la-boite-a-bulles.com

Salut toi!
Ne bouge paaaas...
Tran...
...quille... AH!
Il avait encore sa queue, le tien ?
Ouais, un qu'on connaissait pas.
Il devait venir de loin, alors...
Peut-être de tout au bout de là-bas!

Y a quoi, au bout ?
Après l'horizon ? Ça s'arrête où, les rails ?
Ah, t'entends ? Les parents sont de retour !
VVVVVVRRRRAMMAAMMMMM

Coucou, les cowboys !
RRAAAAAAAA
On a terminé notre petit tour...
PEUHH
PEUTH
PTTT
C'est qu'on commençait à avoir faim, nous...
C'est prêt, c'est prêt, les ogres !
Mais qu'est-ce qui t'arrive, maman ? T'es toute pleine d'herbe !
C'est que... c'est les moissons dans les champs, tu sais, en ce moment...
Les pollens, tout ça, c'est dans l'air.
Bon, on se lave les mains, et à table.

Octobre 2018. New Jersey.

Je suis dans cette navette, pour rejoindre mon hôtel.

Bon, disons que l'occasion est bonne de se taire. Se faire discret. Observer.

J'ai répondu à une invitation, mais je ne me sens pas vraiment à ma place. Pour me détendre, je m'absorbe dans l'étude des passagers de la rame...
... en me disant qu'avec assez d'attention, on doit pouvoir deviner un peu de la trajectoire de chacun...
Voilà l'histoire que je suis en train de me raconter...
quand une autre, d'histoire, vient le percuter, le train.
OH!
Ce gamin...
Mais je le connais, ce gamin !

Une semaine plus tôt.
Aéroport Charles-de-Gaulle. Salon Icare.
Ah, Sébastien, vous êtes bien arrivé, parfait !
On est venu vous proposer un petit déjeuner, tout va bien ?
Bonjour, oui...
... oui, merci Monsieur !
Très bien, alors je vous laisse embarquer. Ça va être le moment de vous servir de vos pinceaux !
Bon vol !
HAHA !
Merci...
On a libéré le fauteuil à côté du vôtre, pour que vous soyez plus à l'aise.
Ah, euh... M... Merci, Madame !
LA COMPAGNIE

On commence dès la fin du déjeuner, je vais faire une annonce en cabine.
Incroyable d'être ici... chance et fierté.
Mais qu'est-ce que je fiche là, pas ma place.
Un auteur de B.D. est embarqué, et il se fera un plaisir de vous dédicacer son livre sur le marathon de New York...
LA COMPAGNIE
... cadeau de la Compagnie !
Pince-mi et Pince-moi sont dans un avion !
Vous préférez les euros, ou les dollars ?
Ah mais non, vraiment, c'est offert, merci !
Enchanté, je suis le pilote. Si vous pouviez me dessiner l'avion et New York, ce serait super !
Mais faites d'abord une pause pour admirer, on le voit rarement si dégagé !...
... Le Groenland !

34
Penn
Station
C'était bien ça, le deal ?
34TH STREET
PENN. STATION
Une semaine aux frais de la princesse.

... contre quelques gribouill... oups, pardon !
... contre la promo d'une bande dessinée !
C'est bien légal, tout ça ?
ERY Inc
Ça semble trop beau, irréel.

L'éditeur américain a organisé une tournée de dédicaces et de rencontres dans toute la ville.
Mon niveau d'anglais impose d'office une traductrice.
10% Goes to St Jude childrens Hospital Thanks
Je crains que la vente du livre ne couvre même pas les frais de ma semaine sur place...
... d'autant que l'hôtel est plutôt classieux !
Je tente de me convaincre que ce n'est pas mon problème.

Tu ne vas quand même pas faire ton geignard ici, non ?!
la grosse pomme est aux couleurs de la citrouille.
Ce soir, c'est Halloween !
Bon ou mauvais, auteur de B.D. de mes fesses ou pas, tu es là !
Embarrassed n ashamed
Recently Homeless
Lost Everythi
in a Fire
Anything Helps
Thank you
God Bless
Alors détends-toi, et réalise ta chance.
Ça n'arrivera pas deux fois.

En fin de semaine, je suis donc dans ce train, à profiter des derniers moments aux Amériques...
L'enfant que j'ai été !
Mais qu'est-ce qu'il fiche ici ? Et c'est super dangereux !
AAAAAAA
Un truc déraiiille, là !!

je vais faire un peu de marche...
parce que...
... si je fais rien que manger pendant ma semaine de vacances ici, je risque de...
On t'attend pour midi. J'ai fait mes tomates farcies.
...LA RECRUDESCENCE DES SANGLIERS DEVIENT PROBLÉMATIQUE POUR LES CULTIVATEURS...

Le territoire n'est pas très différent des personnes qu'il génère.

Ici, en plaine, on ne se froisse pas.

Mais l'air circule bien.

STOP
je reviens là, comme le rhume en hiver.
C'est bon, tu peux revenir maintenant, petit !

J'ai neuf ans.
C'est grand, déjà, neuf ans !
Si, c'est grand !
De t'façon, j'me fiche bien de c'que les aut'pensent !

On est mercredi, alors les copains sont au catéchips.
Moi aussi, je vais au culte. Mais ma chapelle est plus ancienne que celle du curé.
Et c'est parti pour un tour de vaisseau galactique, YOUHOUU!
Cap'tain, on a passé Saturne... Vous êtes sûr du cap?
Si je te l'ordonne, je suis certain que tu m'emmènes où je veux!
Mais où aller?

J'ai bien réfléchi, plus tard, je veux être archéologue.
Tu vois ce que c'est, archéologue ?
Dis-moi !
C'est le métier de celui qui cherche des traces du passé, de la vie qui a eu lieu.
En étant attentif, on y arrive.
Dans le ventre de la terre, on peut trouver l'origine du monde, comprendre d'où on vient.
'Faut être malin pour ça !
Qu'est-ce que tu crois ?!
GNNNNNN
Tiens ! Et ça, c'est quoi ?!
Eh bien, je vais te le dire... une dent de REQUIN !
Ici, on est sous un ancien océan... CRUEL !
Pire qu'un Western d'Eddy Mitchell !

* LES AVENTURIERS DE L'ARCHE PERDUE - 1981 - STEVEN SPIELBERG.

... aux serpents ...
... se colleter les nazis
... laisse tomber ...
?!
Oui, quoi ?
Je devine bien ce que tu penses ! Toi, tu es dressé là depuis 6000 ans, et moi, je peine à me souvenir de ce que je fichais ici, il y a seulement 40 ans !
J'ai 60 siècles, d'accord. Mais même immobile, ne crois pas que j'ai toujours eu cette allure !
Avant d'être une navette pour gamin lunaire, j'étais une sépulture, bien planquée.
Moi qui croyais que c'était muet, une tombe...
Comme le tumulus que tu vois, là, derrière.

Avant l'arrivée des tracteurs, tu sais qu'on trouvait 50 dolmens comme moi, ici ?
Une vraie armada de vaisseaux ! Je suis l'un des derniers encore debout.
C'est moche ! Bien moche !
Le temps a produit une érosion inverse sur l'enfant qui a vécu dans ce village.
Il l'a enseveli.
Le carnet vaut bien la pioche. Je suis un peu le Yves Coppens de la Lucie que j'ai été !
l'entre deux gares

Z Z !
HEY!
NGGN?
Tu dors ? Tu fais quoi, là ?
Tu te souviens que je suis allé te chercher jusqu'à Brooklyn ? Et toi, tu pionces !
ALLEZ, BOUGE !
On a à faire, tous les deux !
À TAAABLE !
?
J'arrive !
Quelqu'un reprend de la ratatouille ? Tout est du jardin©, et fait main !
On sait, maman !
ALLEEEZ, QUOI !...

Surtout que t'as pas besoin de faire plus de 500 mètres, pour faire reculer l'horloge de 40 ans...
Ça n'a rien de très sophistiqué, finalement, une machine à remonter le temps.
L'effort est moins pour les jambes que pour l'imaginaire.
PN 186 à 600m
HÂF HÂF HÂF
185
Nous y voilà. Le passage à niveau 185.

185
HÎARF
HÎAF
HÎAF
185
RRRR
HÎAF
DOOOUUUUUUGOOUM...
DOOUUUUGOOUM...
T'as entendu ça ?!
Une partition musicale à une seule note ! Répétée à l'infini :
DOUGOUM !
Ce ne sont pas des rails, ce sont des portées pour instruments à quatre roues.

Le nom que porte ma maison d'enfance m'a souvent posé question.
PASSAGE À NIVEAU.
Au niveau de quoi, de qui ?
Tu piges pas, gros malin ?
Au niveau de ton enfance !
Bibi !
RHÂ, mais qu'il est chiant, ce chien !
D'ACCORD ! Cerbère d'opérette, tu gagnes pour cette fois, mais on REVIENDRA !
HÎAF
On r'viendra, touton !
JE SUIS LE FANTÔME DE TA MAISON ! HAH !
HIARF ! C'est pas plutôt ma maison qui vous hante, tas de petits curieux ?
Mhh... peut-être bien, oui !
Pas faux ...
J'ai vécu ici, moi...
Aujourd'hui, c'est le lieu qui vit en moi.

Mars 1978.
BRRRRRRRRRRRR
JEAN-MARiiiiiiiiE
JEAN-MARiiiiiiE…
… JEAN-MARIE…
KLONK
… CLOCLO EST MOOOOORT !
On s'en souviendra de tes cinq ans !
♪ LE TÉLÉPHONE PLEUUUU-RE, NE RACCROCHE PAAAS…

QUOI ?! Il est fermé, le bar des Sports ?
Et elles sont passées où, les pompes à essence ?
CAFÉ
C'est fermé depuis des années, maintenant.
Alors, ça gaze, les petchiots ?
le bar est mort, mais ses piliers restent debout...
Ça va, merci !
Mais alors, où on va boire un Orangina, après le match de foot du samedi ?
Un p'tit ballon de rouge, j'dis pas non...
Il n'y a plus de club de foot non pl...
Tiens ! Tu te souviens, c'est ici que papa avait retiré les roulettes de notre vélo...
... et qu'on s'était fait cette belle entaille, là !
BON !

Tu vas me suivre encore longtemps, comme ça ?
OH ! 'Faut savoir ! Tu cherches ton enfance, oui ou non ?
Des traces, oui. Mais là, t'es encombrant !
C'est plutôt que j'ai pris l'habitude de venir seul, sur mes rails.
T'as raison, j'me tire !
Mais je vais te dire un truc, tu donnes pas envie de devenir adulte !
Rhââ, c'est pas ça... mais tu me parasites, là !
Je cherche ce que j'ai oublié, pas ce que je connais déjà.
Il va me planter là...

Enfin, le silence sur la voie.
Le jeu de mot est facile, mais l'orthographe VOIX ferrée conviendrait aussi.
La voie a son langage.
Une phrase de fer, ponctuée de poutres et de pierres.
Un langage que je parlais couramment...
36
... que je déchiffre difficilement maintenant.

la ligne Saumur-Poitiers, sur une variante de la ligne Paris-Bordeaux, a été créée par les Chemins de Fer de la Vendée, en 1873.
Les traverses sont aujourd'hui muettes et désertées.
Il se trouve que MA maison a exactement un siècle de plus que moi.
Facile à mémoriser.
P.N 185
Je ne savais rien de cela, enfant, et d'ailleurs, je m'en fichais sûrement.
Ce n'est que depuis très récemment que je m'intéresse à l'histoire de la ligne, et que j'effectue des recherches.
J'ai trouvé quelques photos anciennes, des archives. Parfois tragiques...

Ernest Rousseau est facteur enregistreur, à la Compagnie des chemins de fer.
Pendant une manœuvre, il se trouve accidentellement coincé entre deux wagons, devant la gare d'Arçay.
Âgé de 39 ans, il décède le 5 août 1892.
Il laisse une femme et deux fillettes.
Le fait divers a beau remonter à plus d'un siècle, c'est idiot, mais moi, ça m'émeut.

L'Histoire avec un grand « H » ne s'est pas passée ici. Aucun grand homme n'a eu la présence d'esprit d'y naître.
STOP
Natif de la ville voisine de Loudun, Théophraste Renaudot invente bien la presse écrite, en 1631.
Et l'empoisonneuse (présumée) Marie Besnard y occupe un temps les fossoyeurs.
Le truculent François Rabelais, naquit tout de même à trente kilomètres au nord...
Mais ici même, rien à raconter.
Rien ne se passe.
Personne ne s'arrête.
Un pays d'oubli.
Plus encore depuis que le train s'est définitivement fait la malle.

Je présume que chacun peut ainsi se lier à un endroit. Une sorte de géographie intime.
Un quelque part qu'on ne partage peut-être avec personne. Dont on n'a jamais parlé...
... qui n'existe sans doute même plus...
... et qui ne tient nécessairement ni à sa beauté particulière, ni à son confort, pas plus qu'à son prestige.
Simplement à l'accord qu'on y trouve avec soi-même.

Je me considère comme une relique de cette ligne de fuite métallique et rouillée.

J'y suis aimanté par nature, comme l'oiseau migrateur retourne sur le lieu de sa nichée.

Elle n'a pas bougé depuis 150 ans.
Elle s'est simplement asséchée.

Maman, je vais jouer au 184.
Je rentre pour le katreuuur !
Tiens, le grand tilleul... Si je me le faisais ?
Ā nous deux !
Purée, j'y suis presque !
C'est fait ! C'est la première fois qu'...
Dans le tilleul ! Mais pour quoi faire ?
Si tu voulais une tisane, tu en avais dans le placard.
Bah voilà.

Le P.N. 184.
Maisonnette jumelle de la nôtre, distante de cinq cents mètres.
L'adresse de mes copains S. et F.
Quel enfrichement !
Un écran de fumée verte. Une brume cache-misère.
La chantilly qui masque le gâteau foireux.
Bizarrement, le filtre de l'appareil photo adoncit mon malaise.
CHLACK.
Je m'y agrippe.

j'enregistre, en même temps que je mets à distance.
CHLICK.
Personne...
Allez, j'effractionne ...
la maisonnette va bientôt être engloutie, avalée par la terre. Faire son portrait avant sa disparition la sauve... disons un peu.
Combien de batailles de pistolet à eau sous ce cerisier ?
Nos deux familles ont été les dernières locataires de ces maisons. Après nous, des propriétaires ...
Des gros mots, autant dire !

À partir d'ici, je deviens le clandestin de mon enfance.
L'archéologue par effraction d'une jachère de mémoire.
Une trouille acide remonte par mes jambes.
Je ne sais pas définir si je suis saisi par l'effraction du cadastre, ou par la plongée dans le passé.
Parenthèse spatio-temporelle hors-la-loi.
Apnée.
Ça pue.
C'est moche.
C'est beau, tellement c'est moche.

la poisse suinte, ici.
C'est oppressant.
Les atomes sont contraires.
Je reconnais bien la géographie, mais pas l'histoire.
Indices figés d'une autre existence...
... Criante de présence et d'absence.
Celle du dernier occupant.

Tout indique qu'il n'est plus là depuis longtemps, qu'il a quitté l'endroit dans la précipitation, sans rien préparer.
MORT AUX RATS
Sans être jamais revenu.
BRASSENS
L'ANCÊTRE RIEN À JETER
Des visiteurs moins scrupuleux sont passés avant moi.
Des photos, nombreuses. Un visage, récurrent. Souriant.
Des empreintes de vie, exposées aux mouches et aux araignées...
... et à cet autre parasite que je suis.

Sainte Chapelle d'une vie humaine épuisée, visiblement éteinte -
Je n'ai rien à faire ici. Mon enfance n'a rien à voir avec tout ça...
J'ai pourtant grandi dans une chambre identique à celle-ci, moi !
Cette visite, j'avais pourtant cru à une bonne idée... sur le papier.
Oui, j'espérais retrouver une organisation spatiale, des sensations positives d'innocence originelle...
... et pas ce torrent dégueu et puant d'angoisse !

L'enfant en moi est hors de lui.
Il va dans la même minute du renoncement à la révolte.
Je n'ai pas pu toucher le moindre objet, le chambranle d'une porte, la rampe d'escalier. Je me sens sale, pourtant.
Je sais que je n'y remettrai jamais les pieds.
Je ne parle à personne de ce que je viens de faire.

T'as vu, le nouveau chef de gare se lance dans la pâtisserie !
Il faut dire qu'avec un seul train par jour, et sans passagers, ça lui laisse du temps libre !
PÂTISSERIE de la GARE
VRRRRRRRRRA
Prenez ce qui vous tente, pour quatre personnes
... et soyez bien polis !
Voui m'man.
Celui-là, siouplaît monsieur.
le commerce pâtissier n'a pas duré plus de six mois...
... et Monsieur M. a été le dernier chef de gare en activité.
?
SNF SNF?

Vous n'aviez pas peur que Christophe et moi allions jouer sur les rails ?
Non, pas du tout.
On connaissait les horaires de passage du train, on ne s'inquiétait pas.
On doit avoir changé d'époque alors. Je n'oserais pas y laisser mes enfants seuls, aujourd'hui !
Le plaisir partagé
Le rail était plus sûr que la route !
À notre arrivée, tu avais quatre ans, ton frère quelques mois, et on rêvait d'un retour à la campagne.
L'opportunité de quitter le H.L.M. s'est présentée...
Du H.L.M. au P.N. ...
Si on veut !

Pour prendre mes fonctions de garde-barrière, j'ai dû passer une visite médicale.
Une expédition !
Pourquoi une expédition ?
Parce que c'est l'unique trajet en train de toute ma vie ! La visite annuelle, pendant les sept ans qu'a duré ma fonction.
Trente-cinq ans que je me passe du train.
Il fallait aller à Tours, par Saint-Pierre-des-Corps.
Ton père m'a accompagnée.
Je me souviens qu'on est allés au restaurant, et qu'on a mangé une omelette aux champignons.
Les années suivantes, j'y allais avec ma collègue du P.N. 184.
SNCF
En-dehors de ça, je restais tranquille dans l'entre-deux-gares.
Mon "premier" train est passé le 17 janvier 1978.
RIIIIIIIIIIIIIIINNGGG
185
DOUGOUM
DOUGOUM
DOUG
DOU
Le premier, on ne l'oublie pas !

Le train ne passait que trois fois par semaine.
Un premier passage à midi, puis le même convoi de retour vers 14 heures, après qu'il eut livré son chargement de céréales.
Je remplissais chaque jour un carnet de bord.
23.07 RAS
26.07 RAS
28.07 RAS
Je regrette de ne pas avoir pu le conserver à notre départ.
14 heures ... Deux coups, ça voulait dire qu'il n'était pas nécessaire que je baisse les barrières ...
PWOOO
PWOO
... le train s'immobilisait en gare.
Je peux le dire maintenant, les chauffeurs descendaient s'hydrater au bar des Sports !
14h20
PWOOO
Cette fois, ça signifiait "baisse les barrières, on passe !"
C'était établi entre nous.

Quand les trains étaient chargés à bloc, en été surtout avec les moissons, et que certaines côtes étaient trop fortes...
...le train se séparait de la moitié de son convoi, avançait jusqu'à un embranchement plat. Alors la locomotive revenait seule chercher les derniers wagons. Parfois le lendemain.
Je ne connaissais pas vraiment les chauffeurs. Juste leurs visages. Je les voyais davantage quand ils venaient faire des travaux d'entretien.
Les jours de pluie, ils restaient dans la loco, ou au café en face.
Si je raconte ça, on va donner une drôle d'image de la S.N.C.F. ...
Bah, non, au contraire! On était bien...
Et puis on parle d'une histoire de quarante ans.
Ça ne doit plus ressembler à ça... Enfin, j'imagine.
Rien à regretter, c'est comme ça.
J'ai partagé l'histoire que tu me racontes, mais c'est étrange, je n'en ai presque aucun souvenir. C'est flou.
Si! Ce qui me revient bien, c'est la sonnerie très aiguë qui claquait d'un coup sec dans toute la maison.
RIIIIIIIIING
Et moi donc! Ça voulait dire que je devais me précipiter à mon poste!

Les roues du train actionnaient un petit mécanisme en amont du P.N.
C'est à ce moment que je devais débloquer la première manivelle, et l'actionner, en deux temps.
D'abord le treuil de manœuvre s'inclinait un peu au P.N. 186, à cinq cents mètres de la maison.
RRiiiiiiiiiiiiiiiiiiiiiiiiiiiiiiiiiiiiiiiiNNN
Puis la descente complète.
Je faisais ça à l'aveugle, si on veut.
C'est là qu'un jour, un ancien gendarme a cru être plus rapide que la descente de la barrière.
Il s'en est tiré, pas sa voiture.
RRiiiiiiiiiiiiiiiiiiiiiiiiiiiiiiiiiiiiiNNN
Le deuxième treuil abaissait la barrière de notre maison.
Le retour de manivelle était vraiment très dangereux. Il fallait de la poigne pour le maintenir, et éviter la chute brutale de la barrière.

On avait bricolé une chaîne qui empêchait que ton frère et toi puissiez manipuler les manivelles.
C'était ma trouille !
Une mécanique bien huilée, ce passage à niveau…
Peuh ! Tu parles !
Il arrivait que la sonnerie se déclenche comme ça, pour rien !
RIIIIIIIIIINN
De jour comme de nuit !
Alors on bourrait la cloche de chiffons pour pouvoir s'entendre. Le temps d'en trouver la raison.
TRIiiT…
…KR
Un chien, ou n'importe quel gros animal pouvait actionner le bidule.
On n'avait plus qu'à aller remettre la pédale en place avant le passage du prochain train.
Ça reste entre nous, mais on utilisait aussi le procédé pour autre chose !
T'inquiète, ça ne sort pas de ce livre !
Le dimanche, quand ton père partait à la chasse…
… il pouvait marcher plus de vingt kilomètres, sans eau.
Déclenchement du plan hors-sec !
C'était bien avant la 5G !

Tu avais une pression en tant que garde-barrière ?
Pas énorme, non, mais une responsabilité : la sécurité des usagers des deux P.N.
Un contrôleur passait de temps en temps à l'improviste, pour vérifier l'état des équipements.
Six pétards d'alerte
Torche de secours
Trois pétards par P.N.
Sacoche cuir, avec le drapeau rouge, signal d'accident
En cas de problème, pour prévenir le chauffeur qu'il allait devoir freiner en urgence...
... je devais remonter les voies en amont, sur cent mètres...
... installer les pétards en quinconce sur les rails.
Le poids des roues provoquait l'explosion des pétards, assez puissante, pas de quoi faire dérailler le convoi...
PET
... mais suffisante pour alerter le chauffeur.

La faible vitesse des vingt-deux wagons permettait au chauffeur de stopper le train avant le P.N.
Le drapeau servait en dernière urgence, si jamais je n'avais pas eu le temps de jouer les artificières !
Heureusement, je n'ai jamais eu besoin de m'en servir.
Et la torche, alors ?
La torche ? Une étape de plus.
Un jour, on m'en avait livré une nouvelle. On ne savait pas quoi faire de l'ancienne.
Alors le quatorze juillet...
Bon, on est assez loin du village, là.

Mais puisque tu parles de pression, une histoire me revient en tête.
Des menaces de fermeture du P.N. 183 ont plané dans l'air.
C'est vrai que le P.N. était isolé dans la plaine. Un chemin de terre traversait la voie.
Madame G., sa locataire, s'en est alarmée.
Elle allait perdre son salaire.
La S.N.C.F est venue installer un boîtier qui devait relever le flux de véhicules. L'issue semblait assez claire !
Tant que le cable a été installé, Monsieur G. passait et repassait.
Plus de deux cents fois par jour...
PLAT
BURRRR
autant de fois qu'il se rendait au bistrot ! Du moins, c'est ce qu'on dit !
Bien le r'bonjour !
BAR des SPORTS
HA HA !
Bref, madame G. a conservé son travail... au moins quelques années.

Fin des vacances.
L'heure du retour chez moi, en Normandie.
DOUGOUM DOUGOUM...
C'est à cette période que je commence à raconter à mes proches ce périple en territoire d'enfance.

Le métier de ma mère n'existant plus que par son témoignage, je me fixe sur le lieu où il s'est déroulé.
Une petite enquête débute.
Je fais cette expérience banale et commune de googliser le village.
Google
arçay 86
arçay 86
gite arçay 86
météo arçay 86200
mairie arçay 86200
La vase virtuelle exhume rapidement des ossements numériques.
D'incroyables cartes postales.
Pour une poignée d'euros, j'acquiers quelques-unes d'entre elles.
Comme une imprimante en retard d'un siècle, ma boite aux lettres s'est mise à cracher du papier jauni.
Des genres de mails, mieux travaillés, raffinés. Ces cartes anciennes sont des merveilles et des mines d'informations.

Le papier à remonter le temps !
J'ai été happé par ce vice par correspondance...
... que je jugeais pourtant réservé à quelques gâteux nostalgiques...
... que je deviens sûrement !
ARÇAY - avenue de la Gare
Dando-Berry
1915. À Monsieur B.M. Brigadier artilleur. Coloniale. 6e bataillon. Secteur 13.
« Viens de marchander un petit cochon, mais il est trop cher. Je rentrerai donc seul. »
HOTEL DU COMMERCE
TENU PAR GAUDRÉ
ISAÏE Fruits
5c
1907.
À Monsieur A.
Rue Saint-André, Tréguier, Côtes d'Armor.
« Quoi de neuf ? »
D.A.
D-B - ARÇAY (Vienne - La Gare)
10 Août 1911.
À Mademoiselle L.L.
39, rue des Écoles. Alfortville, Seine.
« Mille caresses, Minet et Loulou. »

11 Mai 1910

Grand-Mère,

Est-ce que la comète(*) est déjà venue vous visiter, que vous ne donnez plus signe de vie ? Léa de même. Aussi Liline n'est pas contente après vous deux, je voudrait bien que vous l'entendiez.

Tout va bien ici, le temps est beau mais froid pour un mois de mai.

Je pense vous lire prochainement, ou Léa, elle qui me promettait une lettre tous les 8 jours. bernique, elle m'oublie !

Aurez-vous beaucoup de cerises cette année, nous ne pourrons pas venir vous dévaliser. C'est regrettable pour Louloute.

- SANS SIGNATURE -

(*) La comète de Halley était de passage dans le ciel, en mai 1910.

Un nom revient en marge de chaque carte.
Celui du photographe.
Dando-Berry
Dando-Berry-Loudun
Loudun-569
D.-B.-ARCAY
Je découvre François Georges Dando. Né par circonstance à Dax le 9 février 1862, d'un père anglais, artiste-gymnaste et photographe itinérant...
Bonjouwr, Fwrançois!
Hi!
... et d'une mère, très probablement, mais qui reste inaccessible à mes recherches.
Tout comme le propre portrait de François.
Comme ses deux frères, formé à la photographie par le paternel, il devient tout naturellement photographe.
KOT!
KODAK!
Il se fixe à Loudun en 1901, au 2, place Sainte-Croix. Il y est recensé jusqu'en 1911.
L'adwresse existe toujouwrs!
2
Il diffuse ses portraits et ses paysages dans tout l'Ouest.
Mais on perd sa trace après ses cinquante ans.
I'm a poor, lonesome, Artist...
J'aime à penser que François Dando sillonne toujours les routes de campagne, armé de sa chambre photographique.

La tentation du jeu des sept erreurs est trop forte !
Le temps ne fait rien à l'affaire !
Pfff... t'espérais quoi, gros malin ?!

Tiens, laisse tes cartes de côté - Et regarde-nous bien, tous les deux...
?
Tu vois, pas besoin d'un siècle pour constater la progression de la ruine ! Quarante ans suffisent, HAHA !
Allez, c'est rien que du passéisme, ton enquête, là.
Tu veux que je te soigne du « c'était mieux avant » ? Suis-moi, Monsieur-la-nostalgie !
Les registres paroissiaux... c'est encore plus vieux que tes cartes postales, aussi instructif, et plus imagé encore !
Lis !

LE LABOUREUR et LE CORPS MÉDICAL
Extraits des registres paroissiaux de l'abbé Aubry -
Le cinquième Septembre 1699 ...
?
... François Lhonneur, laboureur, âgé de quarante-cinq ans...
... est décédé après avoir reçu les sacrements de l'église.
Sa mort causée par un funeste accident.
Il tomba le premier dudit mois de sa charrette...
... dont la roue lui passa sur la cuisse qui fit un tel désordre dans cette partie de son corps ...
... que les os en furent tous fracassés, les nerfs, les muscles, les artères tellement contus qu'il fut impossible de les réunir.
Cette playe des plus extraordinaires fut vue par nombre considérable de médecins et chirurgiens très habiles...
Mdo les gars!
... qui furent d'avis de l'amputer.
Toute la précaution qu'on apporta pour la guérison de ce pauvre homme ne servit de rien.
Car il mourut une heure après que le corps de médecine fut retiré de sa chambre.

VÉROLE de MOINE
Par l'abbé AU-BRY
Vendredy vingtième d'octobre 1712...
... Urbain Rejon, valet de Maître Jean Luret, âgé de vingt et trois ans, est décédé après avoir reçu les sacrements.
Sa mort causée par une fièvre phrénétique et une vérolle si horrible qu'il estait difficile de l'envisager taut son visage estait difforme et hideux.
Avec cela son corps en halait une si estrange infection qu'on ne pouvait l'approcher que difficilement.
Et cet autre fait, consigné dix mois plus tard...
Pierre Julien dit Constantin, âgé de trente-trois à quatre ans...
... a esté inhumé dans le cimetière le dimanche sixième août mil sept cent treize.
Je crois qu'il est mort de la peste...
... car il avait le visage très hideux et tout pourri.
oui bon, ça va ...
Un peu de tenue, l'abbé !

TRAGIQUE BALLTRAP À ARÇAY · 1 MORT ·
Par AUBRY©
(L'abbé ambidextre)
René, fils de Martin Plaudin et d'Anne Gaultier sa femme...
... âgé de trois ans neuf mois...
... est décédé et a esté inhumé dans le cimetière des innocents le sus dit jour dix-neuf décembre 1714.
POW!
Sa mort causée par l'imprudence du valet de Msieur le maire perpétuel de Loudun...
... qui voulant tirer d'un coup de pistolet un chien gasté...
?
... tua cet enfant qui estait dans la rue.
OGRE de BARBARIE
À Arçay, le vendredy ou samedys quinze et seize may 1730...
... des voleurs sont allés dans la maison du Sieur Ollivier de Moulin...
... sur le soir vers le soleil couchant, ont passé par-dessus les murailles...
... ont tué le Mary et la femme à coups de serpe ou hache avec barbarye.
Ensuite les ont jetés dans leur puits.
Cruauté inouïe.
Et ont emporté tout ce qui estait de meilleur dans la maison.

POIL à GRATTEAULT by Aubry
KH-KH!
Ha-Ha, très drôle, on me l'a jamais faite, celle-ci!
le vendredy quatre may mil sept cent trente et un, le nommé Pierre Gratteault, Prieur d'Arçay et chanoine de Loudun…
C'est qui qu'est le boss, alors?
…réputé fort vicieux, s'était fait nommer garde de la paroisse le jour précédent, et voulant commencer l'exercice de sa charge…
PO
Tiens, vil gredin!
…tua dans le marais Jean Foureau, dit la Rivière, d'un coup de fusil presque à bout touchant.
LE CLOU du SPECTACLE
Je le sens pas bien…
Deux hommes, dont l'un s'appelait Lazare et l'autre Chesneau…
…qu'est-ce que je disais!
…ont été pendus à Loudun le vingt-deux septembre 1730.
PSHHHHHHHHH
Hé, gaffe, ça chatouille!
Quatre de leurs camarades eurent le fouet et les fleurs de lis… (L'épaule marquée au fer rouge).
…et bannis le lendemain.
Ouste!
Une femme a eu la langue percée pour faux saulnage. (contrebande de sel).
Traine pas trop, le peintre, il y a tourteau fromager au dessert…
Faux saulnages, meurtres, vols et autres violences. Tous condamnés par Maîstre l'intendant.

POF
Tout ceci s'est bien passé ici, ou disons plutôt, mal passé !
Et je te passe les attaques de loups enragés...
... les famines et fléaux de tous poils.
Les chroniques de l'abbé Aubry ne racontent pas une histoire si lointaine pourtant.
On est d'accord, la mort frappait pas avant d'entrer.
Mais y avait aussi la vie, bordel !
En 1900, on trouvait dix bars ici...
Le dernier a fermé il y a dix ans.
Mais t'as raison, on savait rire ! Qu'est-ce qu'on se fendait la poire autour de l'abbé !
La misère, on connaissait pas !
Allez, t'encombre pas de ruminations ! T'auras bien le temps pour ça quand ton cerveau se racornira, sur tes vieux jours...

Entendu, briseur de rêve.
Mais laisse-moi quand même te montrer un truc, à mon tour.
Quelle vieillerie tu vas encore nous sortir de ton haut de forme, papi ?
Il y a quand même des signes irréfutables que l'époque n'est pas à l'embellie !
Qu'est-ce que je disais !
LOUDUN ! La ville voisine du village...
LA ville tout court !

La vie grouillait ici, il y a encore quelques années.
Fleurs ROYER
MERCERIE S. BAKER
BOUCHERIE
F. GROLLEAU
On pouvait légitimement nourrir l'ambition de s'épa-nouir, et de vivre sereinement, ici !
C'est quoi, la perspective, aujourd'hui ? Et demain ?
F-RAVARD
La ville a pourtant été celle d'un grand maire, réélu pendant quarante ans...
... ministre, et même président du Sénat.
C'est pas rien !
René Monory (1923 -2009)
Et puis aussi fondateur du Futuroscope !
Ah, voilà ! Le FUTUR ! Ça doit t'inspirer, monsieur passéoscope !

En attendant, regarde ce qu'est devenue sa ville...
Un ou deux supermarchés en périphérie et zou, un centre-ville moribond.
À VENDRE
LIZANO
RUE CARNOT
Ça, et quelques fermetures d'usines... dont celle qui employait ton père, par exemple.
?
Quoi? L'usine dans laquelle travaille papa ?!
Tu rigoles?
!
J'ai l'air?
Nan... Mais je ne veux pas que tu t'inquiètes! Tout ne va pas être rose, quoi...
Enfin, rien d'insurmontable, tu verras.
À VENDRE
LIZANO
TU M'EMMERDES À LA FIN!

Dis donc !
C'est comme ça que t'ont éduqué tes ...
NOS parents !
?
Je t'ai fait peur ?
Non.
Juste froissé.

Excuse-moi, je ne voulais pas…
…te mettre en boule.
Allez va, montre-les moi donc, tes vieilles pierres !
« Le Temps nous égare Le Temps nous étreint »
« Le Temps nous est gare Le Temps nous est train »
Jacques
Prévert.

Toi qui la traverses, ne moque pas la ville qui crève.
Considère plutôt les vies qui s'y sont déployées, joies et peines.
Le monde clos qu'elle a constitué pour des générations, ambitions et rêves.
RESTAURANT
BOUCHERIE
GILLOT
D.-B. — LOUDUN (Vi

Ne moque pas la ville crevée, ni n'enrage.
Habite-la de ton fantasme.
Fertilise-la.
MARCHÉS Ste CROIX
ZELBA
PICON
Ouèche, LOU-DUN, t'es pas un BOU-DIN, Yo!
Place Sainte-Croix

Un dimanche de mai.
La décharge ...
... on s'y arrête, les gars ?
Ouaip !
La décharge sauvage d'ordures. Idéale pour les apprentis anthropologues.
PURÉE ! LES MECS, VENEZ VOIR ÇA !
Un livre de FESSES !

En ce jour du Seigneur, trois éclaireurs ont volé le feu !
Les Champollion de la fesse...
On va chez moi ?
D'ac', mais magne !
... déchiffrant l'Évangile selon Playboy.
C'est Tony qui hérite du compromettant incunable.
Il ne le prête pas.
On doit se rendre chez lui pour le consulter.
Une lecture collégiale et sage d'anatomistes.

Juillet 2021.
Vous pensiez avoir fini ?
Eh bien non !
Après ça, je cuis les mojettes.
Quelque chose m'échappe. Comment avez-vous atterri dans ce village paumé, à cent kilomètres de vos familles ?
Pour le travail, et d'une certaine façon, un peu à cause, ou grâce à toi.
Comme tu préfères.
Une part de l'explication, c'est qu'on s'est connus plutôt jeunes...
Et insouciants !

* la plupart des mères accompagnaient leurs filles, malgré l'horaire : 16h.

Quand démarre le premier slow, les garçons défilent devant les filles.
LAISSE-MOI T'AIMEEER TOUTE UNE NUiiiiiT*
FAIRE AVEC TOiiii LE PLUS LONG LE PLU BEAUU VOYAG
Ce qui veut dire : tu me plais ! On danse ?
* MIKE BRANT © 1970
Eh bien non, pour cette fois, mon grand !
C'était entre le speed dating actuel, et la foire aux bestiaux ! Tout en pantomime.
Si on avait accepté la danse, on concluait avant la fin du slow !
L'eau à la
Puis direction la buvette.

Coucou!
Ma sœur Jeannine me chaperonne. Elle a dix-sept ans, et moi quinze et demi.
Col roulé ...
... assorti aux chaussettes
Mini-jupe bleue, plissée devant
Quarante-trois kilos
Dix-huit ans
Cheveux longs, frisés
Pull rayé, façon frères Dalton
Grand, maigre, large d'épaules
cinquante-huit kilos
Pantalon "daim" en velours rasé
Clarks
Ce qui m'a plu, c'est qu'il est venu directement vers moi, avec un air décidé...
... et sans déambuler devant les autres filles.
Bon... Je savais que si j'allais vers les filles les plus belles, je prendrais un râteau !
HA-HA-HA

Son plan d'attaque :
Bonjour ! Que faites-vous les cinquante prochaines années ?
C'était pas une blague... Les cinquante dernières années, on les a passées ensemble !
On n'a pas échangé un seul mot...
... THAT HER FACE, AT FIRST JUST GHOSTLY TURNED A WHITER SHADE OF PALE...*
Il était trop grand !
*PROCOL HARUM © 1967
Je savais que j'arriverais à le reconnaître au bal, le dimanche suivant, grâce à ses épaules...
... et grâce à ses Clarks marron !
Dis plutôt que tu avais oublié mon visage !
Renault 8S
Après quelques semaines de fréquentation, j'allais te chercher chez tes parents, avec la voiture du moment (j'en changeais souvent).

La portière de ma R 8 avait tendance à tomber, ce qui est fâcheux...
... alors je l'avais soudée.
Une fois entré par la portière conducteur...
... un vrai piège à filles !
Un autre jour.
Prends mon Aronde pour ton rencard.
Avait dit mon frère.
Le fauteuil de l'Aronde était cassé, il restait allongé.
Au moins, tes intentions sont assez claires !
J'ai aussi eu une Caravelle.
CARAVELLE
Là, c'était le chauffage qui restait bloqué en marche forcée...
... si bien qu'on roulait été comme hiver capote ouverte.

Bon, mais tout ça ne nous dit pas comment on est arrivés au P.N. ...
Oui, parce que là, bon ...
On y vient !
On se marie en Septembre 1972...
...un peu à la hâte...
...tu es sur la photo !
En plus du consentement des parents, on a eu besoin d'une autorisation officielle, vu qu'on était mineurs.
Tu as passé ta première année à la ferme de mes parents.
Pas d'électricité.
L'eau du puits.
Pour accéder à la chambre, on passait par le grenier, rempli de blé.
Et de souris.
Il y faisait si froid, l'hiver, que les vitres gelaient.
Des stalactites se formaient aux poutres.
Au réveil, tu ressemblais à un bic quatre couleurs.

Tu as eu le temps de connaître ton arrière-grand-mère, Victoire.
Oui, je me souviens d'elle...
Elle m'appelait par ton prénom!
Quand il y avait du bruit dehors, la nuit, elle sortait en faisant mine d'avoir un fusil.
Petite, en gardant les troupeaux, elle se souvenait avoir vu rôder des loups.
Avant ta naissance, la fièvre typhoïde avait touché la ferme...
Le puits était contaminé.
Mon père et une de mes sœurs ont été touchés. Les soins étaient très durs, ça a duré des mois.
L'eau saine arrivait par camion-citerne. On était huit enfants pour trois lits. Des matelas en paille de maïs.
On avait très peu de moyens. Mais le luxe dont on disposait le moins, c'était celui de se plaindre.

On était un peu mieux lotis du côté de mes parents, et de mes neuf frères et sœurs.
Mais sans mener grand train non plus.
Les toilettes en bois, au fond du jardin, par exemple...
... étaient vidangées à la main, par mon père...
... et vidées dans notre potager...
... situé à l'autre bout du village !
Pffff !...
Hum... On y arrive !

Armé de mon diplôme de tourneur-fraiseur, j'avais trouvé une place en entreprise.
Le salaire était faible.
Trop éloigné de la ferme pour rentrer chaque soir, je passais la semaine en meublé.
Sans téléphone, ni à la ferme ni dans le meublé.
Comme le facteur ne passait pas tous les jours, j'envoyais une lettre dès le lundi...
... pour qu'elle arrive le vendredi, jour de mon retour.
Jusqu'à une annonce d'embauche.
1974
la Nouvelle
HOWARD ROTAVATOR
RECRUTE
ENTREPRISES
Une usine d'engins agricoles, à cent kilomètres, dans la Vienne. Avec de meilleures perspectives d'évolution.

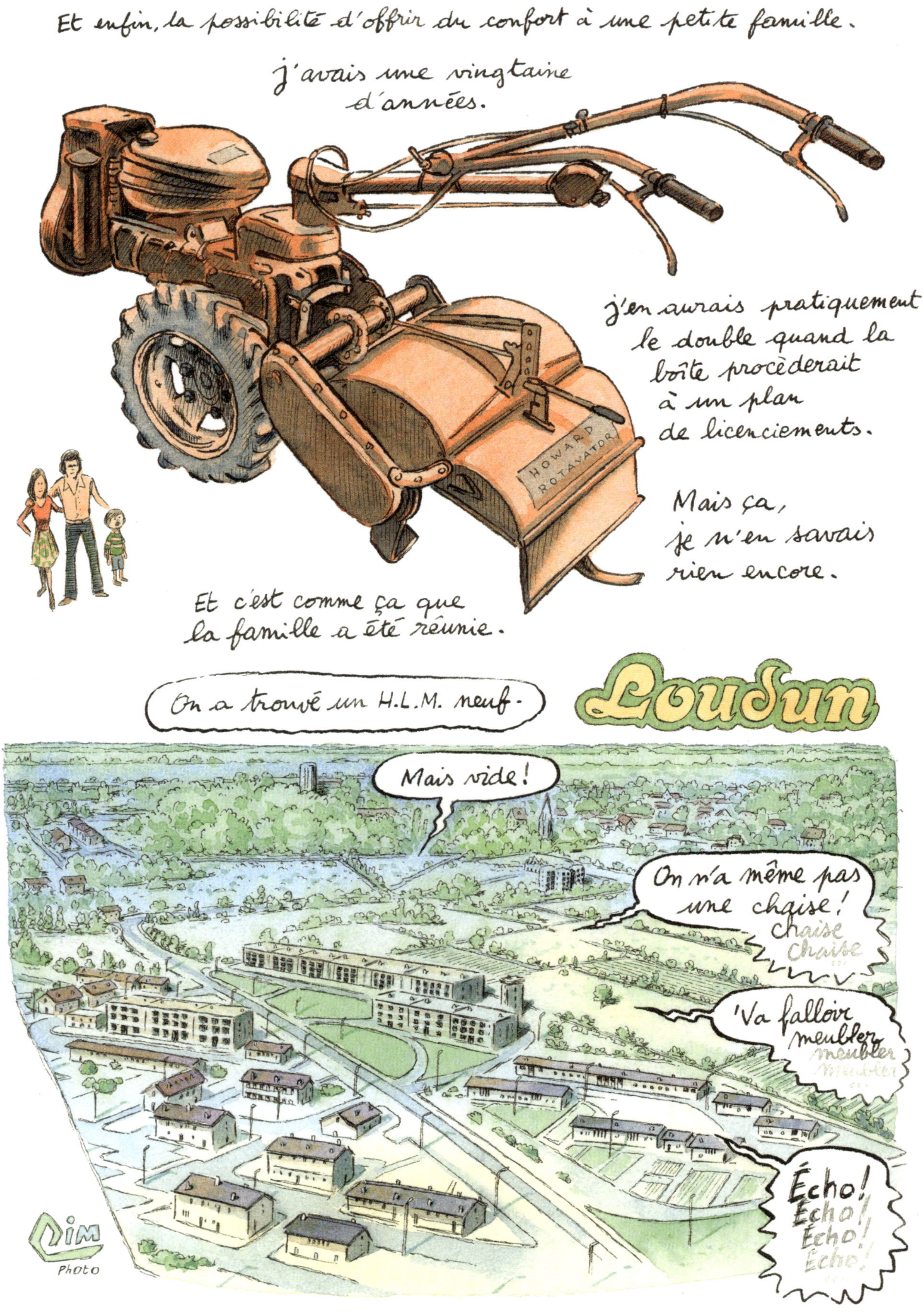
Et enfin, la possibilité d'offrir du confort à une petite famille.
J'avais une vingtaine d'années.
HOWARD ROTAVATOR
J'en aurais pratiquement le double quand la boîte procèderait à un plan de licenciements.
Mais ça, je n'en savais rien encore.
Et c'est comme ça que la famille a été réunie.
On a trouvé un H.L.M. neuf.
Loudun
Mais vide!
On n'a même pas une chaise! chaise chaise...
'Va falloir meubler meubler meubler...
Écho! Écho! Écho! Écho!

On avait tout le confort moderne. Mais toutes nos économies y étaient passées.
Et un cendrier offert ! Ça fait plaisir !
Bah, tu m'étonnes !
Plus tard est arrivée la télé.
Comme le pied était orange, on disait qu'on avait la télé couleurs.
Mais mon animation quasi quotidienne, c'était le porte-à-porte des démonstrateurs.
Bonjour Mademoiselle, vos parents sont là ?
Mais qu'il est mignon, ton petit frère ! Ta mère est dans les parages, ma grande ?
Fallait pas être susceptible !
Christophe est né pendant la canicule de 1976.
C'est quelque temps après qu'on s'est installés au passage à niveau.
Là, je raccroche les wagons !

ARRÊT
500 m
Père (et beau-père) à mon tour...
17.0
... je n'ai pas manqué d'emmener chacun de mes enfants faire un tour de ballast.

Un petit tour "en ville", pour changer !
La Poste. C'est d'ici que partaient et arrivaient mes premières lettres d'amour...
ENTRÉE DU PUBLIC
A VENDRE
AV
...et en particulier, celles que j'échangeais l'été, avec votre mère.
ENTRÉE DU PUBLIC
AV
Plus assez rentables, les lettres d'amour dans le service public des petites campagnes.

Et si on allait se réchauffer avec une assiette de mojettes au coin du feu, papa ?
HA-HA! Le gaz et le feu! Est-ce bien raisonnable ?
En route. On va passer par les rails, C'est plus court.
La maisonnette.
Attraction / Répulsion. Les deux faces de l'aimant.
185
Un sentiment mêlé qui naît du fait que ma famille a occupé les lieux, mais aussi parce que des personnes y vivent toujours.
Tiens, le chien de garde n'aboie ...
... plus !
185
A VENDRE

En effet, le P.N. est à vendre.
Mais plus rien n'est conforme à mon souvenir...
La maisonnette est à vendre, j'ai vu, oui...
C'est bien arrangé, je l'ai visitée!
QUOI ?!
La dame qui met en vente est très gentille, elle te ferait entrer sans problème, je pense.
Ah non, merci! Visiter en cachette les P.N. en ruine, pourquoi pas... Mais le "nôtre", ne me demande pas pourquoi, ça me dérange!
Comme tu le sens!
C'est bien plus petit que dans les miens, de souvenirs, en tout cas.
Je regrette qu'on n'ait pas fait de photos de la maison, à l'époque ...
Mais ce n'était pas dans les habitudes, comme ça l'est aujourd'hui.

Sébastien, le facteur est passé pour toi !
Je crois que ton lot du concours de dessin vient d'arriver...
FUJI
FUJI...
... C'est presque comme FUSIL, mais pour chasseur d'images.
Wouah !
On dirait vraiment une photo d'il y a cent ans.
Même qu'un jour, j'achèterai une pellicule pour mettre dedans...

Le loyer était peu élevé, non? Tu te souviens du montant?
On ne payait pas de loyer. Et l'eau était gratuite au départ. C'était le contrat.
Le charbon aussi était offert, livré une fois par an. Il ne servait qu'à chauffer le poêle de la petite guérite à l'extérieur, d'où je guettais l'arrivée du train.
On avait également un gros poêle à mazout à l'étage, entre les deux chambres.
SNCF
L'isolation n'avait sans doute jamais été refaite depuis la construction... On était donc aux normes de 1873!
185
Alors on faisait au plus simple!

La maison était très humide.
La canalisation d'égout consistait en un tunnel d'un mètre de haut, souvent inondé, qui ruisselait sous la maison.
On pouvait y observer des rats. Parfois de gros serpents.
Aucune ventilation, bien sûr, à l'exception d'une petite hélice siffleuse.
Le poêle à mazout sentait si fort que ça filait le tournis.
À l'intérieur, on avait donc le choix entre un air irrespirable, ou bien la température extérieure...
Le poêle allumé, il pouvait faire 7°C dans la maison.
Tout moisissait.
C'est à cette période que tu es devenu asthmatique.

Une faune relative au cours des saisons trouvait refuge dans les chambres.
Hirondelles, passereaux, ou autre...
La machine à laver, installée dans le cabanon, a même gelé... en marche !
Les toilettes étaient au jardin. Une simple cuvette posée sur une fosse.
À ce sujet, comme je ne fréquentais pas d'autres toilettes que les nôtres, ou celles à la turque de l'école...
...C'est en arrivant dans la maison neuve que j'ai découvert ce qu'était une chasse d'eau.
J'ai onze ans, et vous me montrez son fonctionnement sophistiqué qui tient de la sorcellerie !
Je n'en éprouve aucune honte. C'est ainsi. C'est tout.
Désolé pour cette parenthèse de chiotte.

Le salaire de garde-barrière était de 200 francs par mois (125 euros*). Mais comme je te l'ai dit, avec le logement offert.
* Source INSEE
Pour indication, en 1978, salarié d'une usine de mécanique agricole, je gagnais 2680 francs*.
*1500 euros.
Puis 3500 francs en 1980 (1550€).
Et 5300 francs en 1984 (1572 €).
La vie était bien moins chère.
Par exemple, le litre d'essence coûtait un franc, en 1970. Environ 15 centimes d'euro.
Plus tard, le contrat a été revu à la hausse. De 200, il est passé à 1400 francs*. D'un coup !
*490€
Parce que des astreintes supplémentaires étaient possibles. En clair, le train pouvait passer plus souvent.
En réalité, il en passait encore moins !

Les premières années, je retournais entièrement le jardin à la fourche. Le motoculteur viendra plus tard.
Né à la ferme, le potager était une seconde nature.
Et il en allait de notre autonomie.
Un mois d'août, travaillant d'arrache-pied au soleil, seule la bière me désaltérait...
Je prends neuf kilos dans l'été.
Tu avais construit une volière pour recueillir les pigeons ou les corneilles blessés, ou juste fatigués.
Tu les soignais, avant de les relâcher.
La becquée me dégoûtait autant qu'elle me fascinait.
Et je ne pouvais pas m'empêcher de penser que, pour un chasseur, tu n'étais tout de même pas trop méchant.

Tous les six mois, passait un convoi un peu spécial.
Un train de désherbage, qui arrosait les voies et les bordures.
Une substance qui semblait ultra-puissante.
SNCF
Après ça, rien ne repoussait plus avant longtemps.
les terrains étaient libres, le long des voies. La S.N.C.F. tolérait que les riverains cultivent les parcelles.
On ne nous a jamais donné de consigne particulière pour ne pas sortir le jour de la pulvérisation...
...Jamais traité par nos soins, notre potager mitoyen de la voie ne pouvait pas échapper au traitement.

Puis un jour, nous autres garde-barrières, on a toutes été convoquées en gare de Loudun.
Un responsable nous a annoncé la prochaine automatisation des voies.
On n'allait plus servir à rien.
On nous a laissé le choix entre l'achat de la maisonnette ou le départ.
J'ai été salariée jusqu'en avril 1983. Romain venait de naître en mars.
Une petite chambre pour trois enfants, ça devenait compliqué.
L'automatisation a eu lieu dans le cours de l'année.
Un terrain était à vendre à la sortie du village, à cinq cents mètres.
C'était l'opportunité de faire construire.
On est restés vivre encore un an au passage à niveau, le temps de la construction.
Nos amis du P.N. 184 sont repartis vivre à Loudun.
Ma vie de cheminote aura duré six ans.

En partant, on a découvert que tout ce qui était stocké depuis notre arrivée avait moisi.
Vêtements de mariage
Avec les économies, on a pu s'acheter la grande armoire à glace dont je rêvais ! Mais surtout...
... notre premier canapé !
Jamais on n'avait eu ce luxe, ni chez nos parents ni chez nous. On recevait sur des chaises, autour de la table de cuisine.
Le canapé était un signe extérieur de richesse. Aller chez des personnes qui en possédaient un, c'était aller chez des nantis !
Les fesses sur notre imprimé velours, on était presque "arrivés" !
On pouvait regarder DALLAS depuis notre salon, et vivre comme des Américains !

Automne 2021.
Au sud de notre maisonnette, le P.N. 184, où je ne remets plus trop les pieds (voir pages 42 à 49).
Au nord, le passage 186, actionné à distance par ma mère.
Puis à quelques travées, livré aux quatre vents, le P.N. 187.
L'existence a pu y être douce.

Aujourd'hui mariée à la végétation, la petite maison se dissout lentement dans la verdure, comme le glaçon dans le mojito.
187
La vie s'est déployée ici depuis 1873. Des générations de garde-barrières. Femmes, hommes, couples, enfants. Combien sont nés ici ? Combien sont morts ? Nulle trace.

Une activité économique passagère a dispersé des familles le long de saignées métalliques sur tout le territoire. Elle leur a offert un modeste toit, mais un toit tout de même, une proposition de vie. Avec un peu de charbon et de vapeur.
187
Puis la veine de fer s'est asséchée, tarie. La vie a décampé.

Ma tête me conseille de passer mon chemin.
Tandis que mon corps veut s'avancer.
La séduction est trop forte, comme le souffle d'air d'une dépressurisation.
Inévitablement, je vais entrer.
J'entre.
À hauteur d'enfant, des rosaces sont gravées sur le pas de la porte.
Un trait dans la pierre, et je m'émeus.
Lascaux, me voilà!

Le rez-de-chaussée est vide.
Place nette.
Décrépi, avec ce charme fou que ne détiennent que les épaves.
La demeure n'est plus rien d'autre que belle.
L'escalier semble encore ciré de frais.

L'étage est plus convivial.
Manifestement, de jeunes gens partagent le temps et l'espace de ce passage à niveau.

Petit à petit, le parquet a été découpé pour alimenter le foyer de cheminée.
La bâtisse s'auto-carbonise dans la fête.
Je préfère cette perspective, même fatale, à celle de la ruine par abandon. La légèreté est plus en phase avec l'insouciance de mon enfance.

Je retrouve enfin une organisation
spatiale conforme à mes souvenirs.

La maison de mon enfance est une décalcomanie
architecturale, déployée sur la ligne ferroviaire.
Sans doute calquée sur tout le territoire.

Dès que je rencontre des rails,
je peux trouver un refuge.
Alors je peux me considérer chez moi, où que j'aille.

Si lumineux, naïf et vierge de toute ombre dans la gravure de mon souvenir, le paysage est si absurdement déglingué aujourd'hui qu'il confine au sublime.
Effacé, bientôt.
En bout de course, on sait qu'on peut sauter dans un train. Tout plaquer. S'évaporer.
Ou plus radical, se jeter sous ses roues.
Je ne suis pas le train. Ni le chauffeur.
Je suis seulement un témoin de la voie. Un passager d'un genre immobile.
STOP

Je repars joyeux, guilleret, rasséréné.
Le soleil d'octobre se lève.
Tout concorde.
Joie, douceur et beauté.

Une météorite venue du fond de l'espace, lancée à vive allure, lorsqu'elle frôle très vite une petite planète, peut modifier sa trajectoire, influer sur son axe de rotation.
Ça peut tordre une vie, un météore...
Plus encore quand il porte le nom d'un transport en commun.
Je n'ai connu que des maîtresses, avant l'arrivée de ce maître.
Des femmes, ça semblait naturel pour travailler avec des enfants. Les hommes, ça travaille avec ses mains, la terre, ou sur des machines.
Les hommes, ça n'a pas le temps de nous apprendre à lire.
Monsieur Wagon a pris le temps.
Croyez-le ou non, mais cette rentrée-là, notre maître d'école s'appelle Monsieur Wagon.

Je ne me souviens plus de son prénom.
Il avait les lèvres très en avant, et les dents apparentes. Comme Jacques Brel, le chanteur que j'ai vu à la télé, qui postillonne et qui transpire pas mal.
Comme il est de très loin la personne venant du plus loin qu'on ait jamais vu, et qu'il nous parle avec un bel accent à longueur de journée, nous, on est fascinés par Monsieur Wagon.
Il faut dire que le maître est l'adulte avec lequel on passe le plus de temps. Plus qu'avec nos parents, même, qui sont souvent occupés.
Son nom va bien avec le fait qu'il vienne de loin pour nous faire la classe, ce lieu où on est assis comme dans un compartiment.
Chaque cours est comme une gare sur le trajet qu'on fait ensemble.
Il était jeune, et son accent chantait le Sud. Dans mon souvenir, en tout cas.
Il est resté peu de temps. Un maître météore.
D'où venait-il, d'ailleurs ? Je n'en sais rien.
Est-ce que j'ai su, ou est-ce que j'ai oublié ?

Notre maître a disposé une petite bibliothèque au fond de la classe.

À part le bibliobus, qui s'arrête de temps en temps sur la place du village, et qui est formidable, comme la marchande de fromages, on n'a pas si souvent l'occasion de fréquenter des livres.

D'ailleurs, ça sent presque aussi bon qu'un Chabichou, un livre du bibliobus. Et c'est aussi nourrissant, en moins gras.

Le Sapeur Camenber, de Christophe →

À la maison par exemple, on a le "livre de la télé", les livres qu'enfants, mes parents ont reçus comme prix à l'école. Plus tard, la famille se ruinera en investissant dans deux séries encyclopédiques. Mais c'est une autre histoire...

J'emprunte deux livres à l'école. Des bandes dessinées. Parce que les couvertures sont belles.

René Goscinny et Morris · 1962 · DUPUIS ©

FRED · 1973 · DARGAUD ©

Je ne vous fais pas de résumé des histoires, le mieux, c'est que vous les lisiez, si ce n'est pas déjà fait !

Comme je sens que je vais avoir du mal à les rendre, je les relis autant de fois que nécessaire, jusqu'à les connaître par cœur.

Aussi bien que les poèmes de Jacques Supervielle et Jacques Prévert.
Et ça marche ! Je peux me les réciter !

Je rêve de westerns, où les piliers du bar des Sports ont bien la peau brûlée des Mexicains ... même si eux, ce n'est pas à cause du soleil.

« LA GRANDE ATTAQUE DU TRAIN D'OR(GE) » rejouée sans se lasser par les frères Samson ...

UDERZO & GOSCINNY - 1965 - DARGAUD ©

Quelque part, on peut donc vivre en faisant rire et rêver !
J'ose même pas parler de ça à quiconque, tellement c'est invraisemblable.
Lyon
Marseille
Et puis j'ai envie de garder ma découverte rien que pour moi.
Ailleurs, on peut être autre chose que paysan, ouvrier, cheminot, maître ou curé.
Ailleurs, c'est Marcinelle-Charleroi, Paris, Montréal, Bruxelles, Sittard, Milan... Les pays lointains et mystérieux de Dargaud, Dupuis, Casterman...
Là-bas, c'est certain, existe une grande firme où travaillent main dans la main, dans la joie et la fraternité, les auteurs et les éditeurs.
Inventer des histoires et voyager... au moins autant qu'en train.

Le jeudi après-midi, c'est activité manuelle.
Monsieur Wagon dispose des encriers sur nos tables.
Un trou spécial est prévu pour ça.
Voici l'encre, et voilà la plume.
On dirait le curé quand il dit "ceci est mon corps, ceci est mon sang"...
Chuut !
Ça s'appelle une plume, parce qu'au départ, on se servait des plumes d'oiseaux pour écrire. Maintenant, on les fabrique en métal, c'est moins cruel.
On a gardé le nom, et c'est vrai que c'est un joli nom.
La plume est donc en métal, alors que le pinceau est à poils... allez comprendre !
HA-HA! PFFF! HI-HI!
Au début, on s'en fiche plein les doigts, plein la feuille, la table.
Il est bien patient avec nous, Monsieur Wagon !

La chose vraiment dingue avec la plume et l'encre de Chine, c'est qu'après quelques traits, je réalise que c'est avec le même instrument que dessinent Fred et Morris !
Ce que je comprends très vite également, c'est justement que je ne comprends pas comment ils font, eux, pour ne pas en beurrer partout, et sortir d'aussi beaux tracés, nets, nerveux et précis.
Pour percer le mystère du maniement de l'encre et du métal sur le papier, il va falloir être aussi patient, courageux et indulgent que Monsieur Wagon.
Je troque alors la pelle de l'archéologue contre la plume du dessinateur. Même si les deux outils restent compatibles, et travaillent des muscles différents.

Été 1983.

HENRY'S
Gilbert & Blanzy-Poure
HOLLOW SPRING SKELETON PENS
Blanzy-P
Tiens, j'ai trouvé ça ! Ça a l'air ancien, mais c'est comme neuf.
HAN ! Mais où t'as trouvé ça ?
Secret !
Merci Christophe !
Ce livre est toujours dessiné avec tes plumes Henry's Gilbert & Blanzy-Poure.

PIERRE BOURDIEU le sens PRATIQUE
PIERRE BOURDIEU le sens PRATIQUE
ALLEZ, TERMINÉE, LA RÉCRÉ, ON RENTRE !
BON, LES ENFANTS...

Voilà déjà la fin du printemps. L'an prochain, vous quitterez le village pour entrer au collège.
On commence à bien se connaître maintenant...
On peut se dire les choses franchement, n'est-ce pas ?
Eh bien, laissez-moi vous dire que vous faites de beaux pigeons !
Des moutons, plutôt !
Ah çà, vous êtes gentils et mignons, pas de souci...
? ? ? ?
... de bonnes bêtes prêtes pour l'abattoir ! Vous croyez qu'on vous fera des faveurs, hors de votre petit enclos du village ?
Vos parents sont gentils, eux aussi. Ils font comme leurs propres parents... Et vous allez faire quoi, VOUS ?!
Eh bien, tout pareil, c'est tout vu !
Jamais on n'avait vu le maître dans une telle colère.

Devenir de petits péquenauds, voilà ce qui vous pend au nez ! Remuez-vous donc, renversez la table ! Ou vous resterez les humiliés qu'on vous apprend à être !
Battez-vous, m... mince !
Le SAVOIR vous tend les bras, alors attrapez le taureau par l'école, crénom !
On vous éduque dans l'idée que vous resterez modestes. C'est pas déshonorant, mais vous avez d'autres choix ! Refusez au moins ce mot, « MODESTE ». Moi, je ne vois que des privilégiés, ici ! Vous êtes ÉPARGNÉS. Mais il va falloir vous battre ! Et ça commence ici, et maintenant !
Modeste
Allez, les enfants... on reprend.
Ouvrez vos cahiers d'éveil.
Modeste
Pourtant, la récré s'était très bien passée, il n'y avait même pas eu de bagarre.
Je me souviens qu'en juin, pour son départ, il est venu à la maison, à l'invitation de mes parents. Je lui ai offert une planche de bois pyrogravée.
Et il est parti.

Je n'ai pas compris pourquoi Monsieur Wagon s'était fâché, ce jour-là. D'ailleurs, avait-il vraiment parlé de cette manière ?
Est-ce que l'un d'entre nous, ses élèves, a fait quelque chose de ce discours ?
Ce qui est certain, en tout cas, c'est qu'il est resté imprimé quelque part, pour que l'adulte le reçoive un jour.
Monsieur Wagon est mort quelque temps après.
Je ne saurais pas dire combien.

Ce qu'on a dit à l'enfant que je ne serais alors bientôt plus, c'est qu'il s'était donné la mort.
Alors j'ai pensé que c'était peut-être ce qu'il y avait derrière ses paroles, cette journée particulière, qui l'avait tué.
J'ai aussi pensé qu'en nous apprenant un peu à dessiner, à lire et le reste, il nous avait donné de quoi mener notre vie.
Alors, penser à cet instituteur au nom voyageur, de temps en temps, en dessinant, c'est une façon honnête de le faire exister.

Juillet 2022.
Depuis le moment où j'ai commencé à écrire cette histoire, la maisonnette a changé de main.
Finalement, je me demande si je ne regrette pas le petit chien hargneux qui défendait son portillon.
Mouais, ça avait son charme aussi, c'est vrai.
185
Vendue, la bâtisse s'est radicalement transformée. À mes yeux, elle n'a pourtant jamais aussi bien porté son nom de passage à niveau.
En 2023, la Dame aura cent cinquante ans.
Et moi, cinquante.

La voie ferrée fusionne progressivement avec le sol.
La biodiversité gagne du terrain.
Qui s'en plaindra?
Les rails ont été démontés sur certaines portions : une voie déférée. Comme on retire le fer du sabot d'un cheval, pour le soulager et lui rendre sa liberté.
« Quand on voulait faire plaisir à un conseil régional, autrefois, on lui construisait une ligne d'intérêt local. Aujourd'hui, pour lui faire plaisir, on la supprime ! » Louis ARMAND (1905-1971), résistant, Compagnon de la Libération, directeur de la S.N.C.F. de 1949 à 1958.
Une partie de moi (l'enfant ou l'adulte?) pourrait considérer que la maison, et ce patrimoine ferroviaire, sont défigurés. Que l'histoire a déraillé...
Que la vie menée ici ne vaut plus un clou...
STOP 150 m

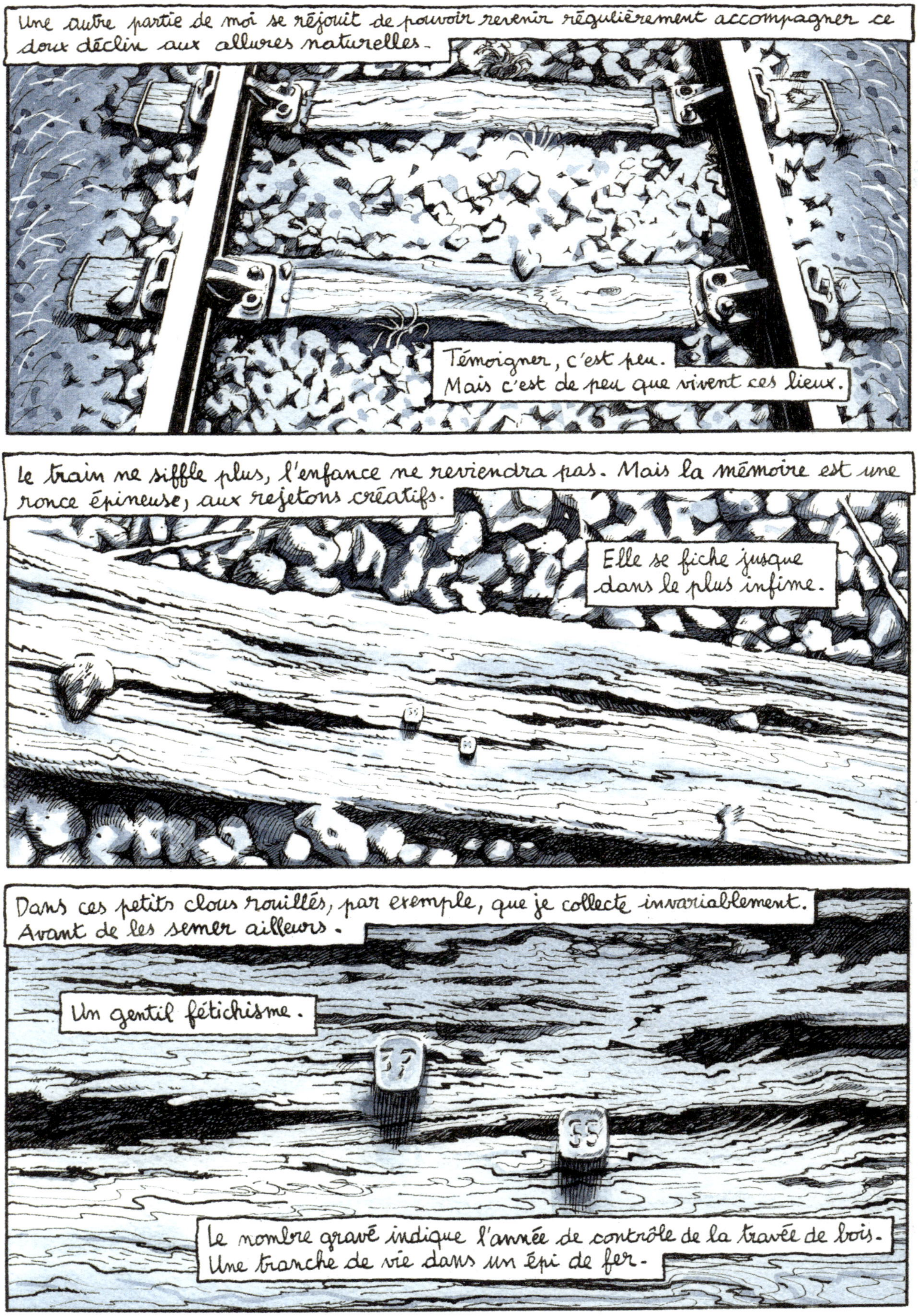
Une autre partie de moi se réjouit de pouvoir revenir régulièrement accompagner ce doux déclin aux allures naturelles.
Témoigner, c'est peu.
Mais c'est de peu que vivent ces lieux.
Le train ne siffle plus, l'enfance ne reviendra pas. Mais la mémoire est une ronce épineuse, aux rejetons créatifs.
Elle se fiche jusque dans le plus infime.
Dans ces petits clous rouillés, par exemple, que je collecte invariablement. Avant de les semer ailleurs.
Un gentil fétichisme.
55
Le nombre gravé indique l'année de contrôle de la travée de bois.
Une tranche de vie dans un épi de fer.

Le bois et le clou... ne manque plus que la couronne d'épines, et le compte est bon !
ARRÊT 500m
On a le sacré qu'on peut !
MAIS ?!
?

SNCF
Battery Park, New York.
L'indice carbone d'un rêve d'enfant est égal à zéro...
... sauf quand il se réalise !

Bon, on en était où, avant tout ça, déjà ?
Ah oui, ça me revient : « Je suis un imposteur, je n'ai rien à raconter, un gars de la plaine, sans relief... » Bla-bla...
Mais t'as pas un peu fini de te plaindre la bouche pleine, oui ?!
ZOU, mon vieux, au CHARBON ! Un train peut en cacher un autre, mais il ne passe pas deux fois !
Tu sais que tu fais un beau boute-en-train, toi ?!
D'accord... Reste tout de même à savoir si cette histoire de rails méritait d'être racontée ...
On n'en sait foutre rien, en fait !
Reste poli, s'il te plaît !

Reste poli, et souviens-toi d'où tu viens.
1
juin 2023
Sébastien Samson

Photo 1 : Printemps 1973. Ma « première » photo.
Ferme des Landes, Deux-Sèvres.
Mes parents ont 17 et 20 ans.
Peigne en poche, papa prend des airs de Michel Polnareff.

Photo 2 : Eté 1981. Jardin du passage à niveau.
La photo est en couleurs, les cyclistes plutôt bicolores.

Photo 3 : Hiver 1979.
La gazinière nous réchauffe autant que la soupe.

Photo 4 : 1983. Trois lapins dans les phares.
La dernière photo au P.N., quelque temps avant de le quitter.

J'avais écrit une longue postface dans laquelle je posais la question de la légitimité de l'autobiographie, quand on n'a rien vécu de terrible ou de particulier... Ne pas être Art Spiegelman, Marjane Satrapi, Riad Sattouf, Jean-Louis Tripp, Fabrice Neaud... pour n'en citer qu'une part infime et non négligeable, et mettre tout de même ses souvenirs en scène. Enfant des plaines sans relief, comme écrit assez tôt dans ce récit... à quoi bon se raconter, quand l'histoire vécue semble insignifiante ? S'infliger de surcroît des heures d'isolement dans un atelier exigu, se désociabiliser, et risquer une pénible expérience au lecteur ! Je ne concluais rien sur le sujet de cette légitimité d'ailleurs, en dehors du fait qu'un éditeur avait été consentant pour soutenir cette idée !

Initialement truffé de jeux de mots – en rapport avec le train, le rail et le clou – que j'avais finalement écartés, mon récit évoquais également les sorties de deux livres marquants pendant la réalisation de celui que vous tenez : *Les grands espaces*, de Catherine Meurisse (Dargaud, 2018), et *Du bruit dans le ciel*, de David Prudhomme (Futuropolis, 2021). Je les citais parce qu'ils racontent la jeunesse de deux auteurs – que j'aime ô combien – dans les mêmes années, et pratiquement dans la même aire géographique que celle que je décris. À leur lecture admirative, j'avais appelé l'éditeur sus-cité, lui déclarant que j'arrêtais tout, pour ne plus me consacrer qu'à la vannerie sur osier. À grand renfort de compliments et de « copieuses » avances sur droits, Vincent avait su regonfler mon orgueil, et je gagnai assez de confiance pour mener l'aventure à son terme.

Je terminais mon texte de postface, dans une émotion non feinte, par une déclaration d'amour à mes parents, à ma famille, à mes amis, et à l'enseignement public. Et puis, à la relecture, je l'ai trouvé assez chiant. Je vous en fais donc l'économie.

Autant passer tout de suite aux remerciements...

En dessinant, l'esprit vagabond vous a associés à ces pages...

Un merci tout particulier à Olivier Josso Hamel , à Wiebke Petersen, alias Zelba, et à Christophe Bon.
Je vous dois un clou !
Merci à Vincent Henry, mon éditeur, pour sa confiance et son soutien sans faille, depuis des années.
Merci à toute l'équipe de La Boîte à Bulles, et en particulier à Morgane Jandot.
Merci à La Compagnie et à Humanoids, pour cette folle semaine new-yorkaise de novembre 2018.
Merci aux libraires, aux médiathèques, aux lecteurs, aux festivals, qui font vivre le livre,
à Olivier Boxing Borot, et à tous les usagers de la machine à café du Jean Monnet Club, depuis 2002.
à Marion Chemin et Jean-Noël Levavasseur, Claire et Jérôme Félix, et les Battle Boys.
à Maud, Jules, Karine, Manue, Amélie, Caro, Léa, Vincent, Virginie.
aux Crados, et à la clique des vins chauds du Vinouve, « ma caille », et la bande des copains de Bayeux.
Merci à mes parents, à mes frères, de me laisser ainsi exposer nos petites histoires.
Merci à Ève, Isaïe, Baptiste et Théo, pour les belles voies que vous tracez hors des rails, même lointaines.
Merci à Milo d'avoir accompagné les longues heures de dessin à l'atelier, et d'avoir été le patient modèle
du personnage de ton père-enfant. Tu connais mieux que moi l'intégrale de Brassens, maintenant !
Merci à Véronique d'avoir fait passer les portes du Louvre à ton cousin de la brousse, il y a 35 ans.
Ça n'a pas été sans heureuses conséquences !
Merci enfin à Rosalie, d'être qui tu es.

À Marcelle, Alice, Albert et Gaston.